« L'auteur est le seul propriétaire
des droits et responsable du
contenu de ce livre. »

À tous ceux qui m'ont dit de faire de
ma vie un ouvrage.

Il était une fois…non cette phrase est réservée aux Disney, aux princesses trouvant le grand amour…cette histoire que vous allez lire, est loin d'être un conte merveilleux, avec mille péripéties, et une fin heureuse. Ce récit n'est pas un conte, mais une tragédie. Le héros est empli de conflits intérieurs, il a un destin exceptionnel, mais malheureux, en outre : une tragédie.

Ce récit n'est pas du théâtre non plus, il s'ancre dans le réel d'aujourd'hui, comme un bateau amarré au port, mais un bateau faisant face à une tempête. Pour ainsi dire, ce roman ne présente pas une histoire à l'eau de rose. Le rose étant d'ailleurs la couleur opposée à ce récit. De noir il est tâché, du rose il en est outré, mais de prose il en est comblé.

Tic, tac, l'heure tourne, et l'histoire n'a pas encore débutée, alors ouvrant les grands rideaux rouges, et commençons ce récit taché de sang.

Chapitre I
Tout à un début.

Je me réveille en sursaut. Je venais de faire un terrible cauchemar. Dans ce dernier des grands yeux, à l'apparence humaine, mais trahie par un regard reptilien, m'observaient. Je me trouvais dans ma chambre, tous les meubles se trouvaient à leur exacte place, les rayons de la lune traversaient les volets à demi fermés, et dans le coin de la pièce, qui étaient mystérieusement sombres, d'un noir profond, d'un noir où aucune parcelle d'espoir ne pouvait se trouver, ces fameux yeux me regardaient. Je tentais d'ouvrir la bouche pour crier, mais ma mâchoire était lourde comme du plomb, mes jambes inaptes à bouger, et mes bras étaient comme attachés. J'avais peur, plus que de la peur même, c'était de la terreur. Je savais qu'à tout instant, je pouvais mourir, mais pourquoi ? Après tous les yeux me fixaient juste, aucun mouvement de la pupille, aucun battement de paupière, c'était peut-être justement pour cela qu'une sueur glacée perlait dans mon dos. Je savais que j'allais mourir, j'en étais sûre. Mais comment ? De quelle manière ? Je ne savais pas. Je pensais même à cet instant, que regarder la mort en face serait moins effrayant. Cette « chose » était l'instrument du mal.

Je suis réveillée maintenant, c'est tout ce qui compte. Je passe ma main derrière ma nuque, pour la détendre, pour essuyer la sueur. Je fais ce geste que tout humain réalise lorsqu'il a eu peur et qu'il tente de se réconforter. Je n'ose pas regarder le fameux coin de la pièce, mais mes yeux ne résistèrent pas longtemps.

Choc. Terreur. Effroi.

Les yeux sont toujours là.

La rétine jaune, des yeux de forme humaine, mais des iris de serpent. Cette fois-ci, j'en suis certaine, je vais mourir.

Mon corps ne veut toujours pas bouger. Ma bouche balaye mon cri d'appel à l'aide. Je n'ai jamais cru aux histoires de monstres, de fantômes et j'en passe. Mais à cet instant donné, je réalise que ceux que je croyais fous étaient en réalité les plus lucides. Or, s'ils ont pu raconter ce genre d'histoires, essayer de nous convaincre de l'existence d'êtres paranormaux, c'est qu'ils ont survécu. Comment ont-ils fait ? Réfléchis, réfléchis purée, tu vas bientôt mourir.

Je regarde mon chat allongé sur la chaise du bureau. Il dort paisiblement. Comment a-t-il fait pour ne pas sentir le danger ? De ces fameux yeux, on pourrait sentir la menace de la mort imminente à des kilomètres à la ronde.
Une dernière pensée avant de mourir ?
J'ai envie de pancakes.
Quoi ? Tu es sérieuse là ? Tu vas mourir, et ton ventre gargouille, cries aux pancakes ?

Chapitre II
Les Pancakes.

J'entends mon ventre gargouiller de plus en plus fort, et c'est accompagné de ce doux son, que je me réveille.

Je regarde instantanément vers le coin de la pièce, les yeux ne sont plus là. L'ombre qui les entourait a fait place à ma lampe sur pieds. Il fait encore nuit dehors. Mon chat bâille et s'étire doucement. Je regarde l'heure : trois heures du matin. Eh bien on peut dire au revoir au temps qu'il me restait à me reposer. J'ai besoin d'air. J'attrape une cigarette dans mon paquet posait sur ma table de chevet et sors sur mon balcon. J'observe tout autour de moi. Quelques voitures roulent déjà à cette heure, je ne sais pas si elles vont en direction de leur travail, de leur maison, ou de je ne sais où encore. Les feuilles rouges des arbres tombent doucement, en tourbillonnant, sur le macadam. Il fait un peu froid tout de même, en même temps je suis en tee-shirt, dehors, à trois heures du matin, en pleins mois de décembre.

Je suis trop excentrée de la ville pour avoir le droit aux décorations de Noël qui illuminent les rues. C'est bien dommage, même si je n'aime pas Noël, des loupiotes brillantes, effaçant les zones d'ombres de la rue, n'auraient pas été de trop. Je fais le point sur la situation. J'ai rêvé que je m'étais réveillée après un cauchemar, alors qu'en réalité j'étais toujours dans le cauchemar. Suis-je devenue folle ? Ces yeux, étaient-ils réels ? Non,

non, je ne peux pas y croire, il y a sûrement une explication logique. Je regarderai tout à l'heure sur mon téléphone si ce cauchemar peut avoir des significations. Pour l'instant, je profite de la nicotine qui apaise mon cerveau bouillonnant.

Je jette ma cigarette dans le cendrier et regagne le salon. Impossible de retourner au lit, alors je prends mon téléphone et je m'installe dans le canapé. Je cherche sur Google « que signifie des yeux de serpents dans un cauchemar ? » Je tombe directement sur cette phrase « Ce rêve peut refléter des sentiments de danger imminent ou de méfiance envers son entourage. Il peut aussi être le signe d'un besoin de changement ou de renouveau dans sa vie ». Alors en soit, je n'ai pas de méfiance envers mon entourage, par ailleurs le « danger imminent » me glace un peu le sang. Vais-je avoir des soucis ? Quelqu'un que j'aime va-t-il avoir des problèmes ? Et pour ce qui est du besoin de changement, cela fait des années que j'en ai besoin, alors cela se serait manifesté avant. Arrête tes conneries Rachel, Google n'est pas la Bible ou le Coran, ou le manuel de la vie. Même si c'est vrai que ce serait pratique un manuel de la vie. D'ailleurs en parlant de divin, le serpent a toujours été un animal symbolique représenté au cœur des croyances les plus ancestrales. Il s'élève même au statut de divinité dans presque toutes les religions.

J'éclate de rire. À croire que j'ai reçu la visite d'une divinité. La pression dans mes membres se relâche peu à peu. J'ai envie de pancakes.

En tournant la pâte encore et encore pour la rendre fluide, je comprends peut-être ce que signifie ce cauchemar en réalité. Je l'ai toujours appelé « Le serpent » et apparemment même dix ans après, elle me hante toujours…c'est ainsi que je replonge dans mes souvenirs.

Chapitre III
Souvenirs

- Rachel !! Rachel ?! Oh tu m'écoutes ??
- Que se passe-t-il ? réponds-je terrifiée d'entendre sa voix si colérique.

Qu'ai-je fait encore ?

- Tu ne te rends pas compte, mais tu prends trop de place entre ton père et moi, alors arrêtes de lui demander des câlins, arrêtes de vouloir être la petite fille à son papa !

J'ai huit ans et je dois arrêter de demander des câlins, je suis fille unique, et mon monde s'est écroulé il y a un peu plus d'un an quand ma

maman et mon papa ont divorcé. Je dois maintenant trouver ma place dans une nouvelle « famille ». Mais comment faire si je ne peux plus approcher mon père ?
Je hausse de la tête pour lui signifier que j'ai compris, après tout que faire d'autre ? Je n'ai aucun pouvoir sur la situation.

Elle repart dans le salon, un sourire de fierté aux lèvres, mais aussi un sourire narquois.
Je partage ma chambre avec deux de ses enfants, le troisième étant plus âgé, il a sa propre chambre. Je suis toute seule pour l'instant, je ne sais même pas comment réagir. S'agacer ? Pleurer ? Crier de douleur ? De colère ?

Tout ce que je sais, c'est que la vision d'une famille unie et aimante a éclaté le jour où elle est entrée dans la vie de mon père et moi.
J'ai de brefs souvenirs de ma vie avec mes parents encore ensemble. Ma première fois sur un vélo sans les petites roues, les jeux de société pendant que le repas cuisait (le jeu des sept familles précisément), les Disney passants à la télé, moi grimpant dans les arbres et puis appelant à l'aide mon papa pour qu'il vienne me chercher, car je craignais trop de descendre…
Cette vie-là n'est plus désormais…et je sens que le contraste entre cette ancienne vie idyllique et cette vie que je vais devoir affronter, va être brutale.

-   Rachel ? Tout va bien ?

Ces mots ont été prononcés par le deuxième fils de Tatiana, il a le même âge que moi.

Toujours perdue dans le flot de toutes ces émotions qui me submergeaient, j'ai du mal à lui répondre par l'affirmatif. Je découvrais déjà le faux « Ça va ». Ce fameux « tout va bien » que prononcent tous les adultes autour de moi, comme si jamais rien ne les perturber, ne les déranger, à croire que leur vie est parfaite. Ce « tout va bien » de leur bouche je l'ai jalousé cette dernière année, jusqu'à comprendre. Comprendre que derrière ce « Ça va », non ça ne va pas. J'ai commencé à chercher chez celui qui prononçait ces mots mensongers, là où la vie lui a fait des marques. On peut alors apercevoir que ces yeux ne brillent pas de joie, mais que les larmes ne demandent qu'à leur propriétaire de les délivrer. On peut regarder ce petit tremblement de la lèvre, celui qui trahit que le faux-sourire ne tiendra plus longtemps. S'il est assis, on peut regarder ses jambes, ses pieds, et les voir trembloter de fatigue de jouer à ce jeu contre nature. C'est ainsi que j'ai réalisé que nous sommes dans un monde où la franchise n'est plus de mise, où au lieu de faire progresser dans le langage ou même dans l'écrit à l'autre, elle nous fait mentir derrière un beau sourire.

- Tu es sûre de toi ?
- Oui, tout va bien Axel. Je vais me doucher.

Je frôle Angèle en sortant de la chambre, je n'ai pas envie de croiser son regard, même si elle est trop jeune pour percevoir mes larmes qui crient liberté au fond de mes yeux, je ne veux pas qu'elle me regarde avec les mêmes yeux de pitié qu'Axel.

La douche doit être rapide ici. On est six à vivre sous le même toit, il faut donc de l'eau chaude pour tout le monde. Ce n'est que bien plus tard que j'ai appris par mon père qu'il fermait le robinet d'eau chaude du ballon si la douche devenait trop longue. M'étant toujours pliée aux règles de peur de voir les yeux de Tatiana ou encore ceux de mon père, devenir rouges, je n'ai jamais fini ma douche sous l'eau froide.

Je m'essuie rapidement, pendant que j'enfile mon pyjama j'entends le « À TABLE ! » si connu de mon père retentir dans la maison.

Le repas, je hais le repas. J'écoute les autres parler pendant que je mange et que je me tais. Tout en essayant de me faire la plus discrète possible, sans croiser le regard de Tatiana, pour esquiver ses tirs.

-	Fais moins de bruit en buvant Rachel ! Râle-t-elle

Je m'arrête nette. Je regarde par pur reflex mon père pour chercher de l'aide dans ses yeux. Je me rétracte tout aussi vite en pensant à la directive que m'a imposée Tatiana tout à l'heure. Or, à mon grand étonnement, mon père prend la parole.

-	Elle ne fait pas de bruit.

Phrase simple, claire, concise, qui dans sa bouche veut dire qu'aucune réponse n'est attendue et encore moins un débat. Intérieurement, je souris, et c'est de plus en plus rare ces derniers temps. Je sens son lourd regard noir posé sur moi, alors je garde la tête baissée. Un froid polaire s'est installé à table et il ne disparaîtra pas du repas.

La tête posée sur l'oreiller, je souffle un bon coup. J'ai survécu à cette journée. C'est grave qu'à huit ans, je dise déjà « j'ai survécu à cette journée ». Normalement à cet âge-là, on ne survit pas, on vit pleinement. On s'enthousiasme d'un papillon jaune qui annonce le beau temps, on s'enthousiasme devant un livre rempli d'images et de couleurs…non, on ne survit pas. Cela veut dire que l'on pense déjà à la mort comme échappatoire.

- Tu nous racontes une histoire avant de s'endormir Rachel ? Demande Axel.
- Oui ! s'exclame Angèle.

On a souvent ce rituel avant de sombrer dans les bras de morphée. Parfois je m'évade avec eux aussi, ou parfois, comme ce soir, je n'ai pas envie. Or, je ne veux pas leur gâcher ce moment, alors je leur raconte l'histoire d'un écureuil perdu au milieu de la forêt, tout droit venue de mon imagination.

Chapitre IV
Pancakes ratés

Je souffle un bon coup, une larme perle au coin de mes yeux. Je devrai avoir tiré un trait sur ce passé si dérangeant, mais il me maltraite encore. Je suis apparemment toujours en train de tourner la pâte. Je commence à faire chauffer la poêle avec un peu d'huile. Le premier pancake est raté. Comme toujours que ce soit crêpe ou pancake, on rate toujours le premier. Est-ce une règle que l'univers a imposée ? Peu importe. L'univers il m'a déjà bien gâtée en termes de « raté » …et je replonge dans mes souvenirs.

Cette fois-ci j'ai seize ans.
Notre « petite famille » a déjà déménagé pas mal de fois depuis

mes huit ans. Maintenant on se trouve dans une immense maison. Chacun à sa chambre bien entendu, il y a plusieurs hectares de terrain habité par des chèvres, des moutons, des poules…on a deux chiennes, une piscine…bref, le grand luxe. Un « luxe » dont je ne me suis jamais habituée, cette maison ne reflétant en aucun cas la mentalité de mon père. C'était une envie d'elle, je suppose, il n'a pas su dire non, comme toujours…

Je suis penchée sur un devoir de mathématiques, la matière que je hais le plus, la matière qui est une grande source de conflits entre mon père et moi, lui tentant de m'expliquer, et moi ne comprenant rien à rien. Pendant tout mon collège, j'ai pourtant eu une moyenne de dix-huit à cette matière, mais là arrivée en première, je dégringole jour après jour. J'avais même plusieurs cordes à mon arc durant les dernières années, je brillais dans toutes les matières. Aujourd'hui, ce sont clairement les matières littéraires qui me sauvent. Déjà en seconde, j'ai dû travailler dure pour avoir la moyenne, pourtant cela ne m'a empêchée pas l'année d'après, d'aller en série scientifique. J'étais juste un mouton voulant se ranger dans une des cases de la société, raté…

Bref, ce devoir fut celui de trop. Mon père trop en colère pour continuer d'essayer à me faire comprendre les statistiques, je finis seule dans ma chambre, abreuvant ma copie de mes larmes salées. La mort. La mort serait une solution. Je ne peux plus. Je suis à bout. Essoufflée. À terre. L'univers a gagné. Non, je ne peux pas déjà abandonner. J'ai tenu l'année de seconde, qui fut une réelle épreuve, ce n'est pas pour tout lâcher maintenant. Demain je vais chez ma mère, si j'ai le courage, je lui dirais que je suis très fatiguée en ce moment, très fatiguée de la vie.

C'est ce que je fis. Le 3 mars 2015. Elle m'emmena directement chez notre médecin traitant.

- Avez- vous des idées suicidaires ?

Oui monsieur, j'ai envie de mourir depuis maintenant huit ans, je ne sais pas ce qui fait que je suis encore en vie, mais pour faire appel à vous, c'est que la situation est critique…Je ne dis rien de cela, trop habituée au silence, je baisse la tête.

Il remarque bien sûr que ce geste crie un « oui ».

-   En êtes-vous vraiment à ce point-là ? Il me regarde à la fois terrifier et à la fois plein de pitié.

Je m'entends encore lui répondre « oui ».

Il prend alors le téléphone, je ne comprends pas tout de suite ce que cela signifie, mais j'allais être hospitalisée dans le service de pédopsychiatrie de notre hôpital.
Jamais je n'aurai pensé que cette semaine-là serait la meilleure que j'ai pu vivre en huit années. J'étais pourtant en chambre double, on eut toutes les deux peurs de l'autre au début, puis cela a pris le tournent de l'amitié. Je riais enfin, d'un vrai rire, d'un rire même que je n'avais

jamais entendu, d'un rire qui me refaisait tomber amoureuse de moi-même.

Je n'ai pas tout de suite décelé ce qui allait provoquer ma chute. J'ai vu et revu les bras de ma colocataire en sang, à force de s'être scarifiée, en me disant que moi aussi, j'aimerais bien essayer. C'est aussi cette semaine-là que je fumai ma première cigarette, et qui fut loin d'être la dernière. Mais je n'ai pas vu tout ce mal qui m'entourait, ou plutôt, je n'ai pas voulu le voir.

Et tout à une fin. Lorsque la psychiatre m'annonça que dimanche matin je rentrais chez moi, mon sourire se figea et se transforma en une bouche horrifiée, confrontée à la réalité. Cette île paradisiaque où je suis venue me reposer me somme maintenant de rentrer. Je vais mieux, et cette île est faite pour ceux qui viennent tout juste de s'échouer, les rescapés tout frais, je dois laisser mon campement à un autre.

Comment a-t-elle réagi lorsqu'elle a su que je me faisais hospitaliser ? Mon père est venu me voir plus d'une fois, mais toujours il était très froid. Ce devait être chaud à la maison.

Ce fut très dur, arrivé à ce samedi soir, de m'endormir. D'ailleurs les bras de Morphée ne sont jamais venus me chercher. Le marchand de sable n'est jamais passé, même le croquemitaine m'a laissé en paix. Je n'ai pas fermé l'œil de la nuit.

Je monte dans la voiture. Un silence pesant, suffocant, meurtrier, règne. Il ne me parle pas d'elle. Il ne me parle jamais d'elle de toute façon. Je vais apprendre en direct ce qu'il en est de la situation. Je ne lui ai jamais avoué que cette hospitalisation c'est à cause d'elle, je ne lui ai jamais rapporté pendant cette semaine, les propos qu'elle me tient. Non c'est juste un « coup de mou face aux difficultés que je rencontre au lycée ». Même lorsque j'étais loin de cet enfer, à le regarder de loin du fin fond de mon île paradisiaque, j'avais peur. Trop peur. Terrifiée. Pourtant c'est bien là que j'aurais dû tout lui confier

Arrivée à la maison, à ces enfers sur terre, je ne la vois pas. Très étonnée, puis extrêmement soulagée, et finalement inquiète. Avant même que je ne pose la question à mon père, il me dit la mâchoire serrée :

- Elle est partie quelque temps chez une amie. Les enfants sont avec elle.
- Je…d'accord.

Un « Désolée » a failli franchir mes lèvres, mais pour une fois j'ai réussi à ravaler ce mot ne le laissant pas m'écorcher la gorge.
Il monte dans sa chambre, me laissant penaude dans le couloir. Je regagne ma chambre, m'assois sur le lit, et m'effondre en pleurs. Ces fameuses larmes, qui m'accompagnent jour et nuit, sont revenues en courant, même pas essoufflées ou haletantes, cela fait une semaine qu'elles attendaient ce sprint. Je sens que la crise d'angoisse monte. À l'hôpital, on m'a prescrit de Lexomil en si besoin pour ce genre de situation, c'est avec ferveur que j'en prends un. Mon cœur ralentit alors

légèrement, je sens que mes paupières deviennent doucement lourdes alors je m'installe sous la couette, espérant faire une petite sieste, m'échappant quelque temps à cette horrible réalité.

Je me réveille une heure plus tard, soulagée d'avoir eu ce répit, mais déjà angoissée par la suite. Soit le repas en tête à tête avec mon père. Or, il vient m'annoncer qu'il n'a pas faim et que je mangerai toute seule ce soir, mais que le repas est prêt. Comme tout à l'heure, mes émotions font une montagne russe, passant du soulagement, aux remords, à l'inquiétude…S'il est dans cet état, est-ce de ma faute ? Est-ce moi qui lui fais vivre cet enfer ? Non, non, petite idiote, c'est elle, c'est elle qui a toujours était le problème…mais tout de même j'ai

le cœur lourd, pas pour moi, pour
lui.

Je mange rapidement, même si je
n'ai pas du tout faim, je grignote un
peu le plat tout de même pour que
mon père n'ait pas cuisiné pour
rien. Je vais dans la salle de bain
pour prendre ma douche. Je me
regarde dans le miroir. J'ai peur. Je
me fais peur avec ce visage
tellement pâle que je ressemble à un
cadavre. Je repense à cette fameuse
année en primaire où l'histoire de la
Dame-Blanche parcourait toutes les
lèvres pour celui qui ferait le plus
peur à son camarade. Cette histoire
m'a toujours terrifiée pareil que
celle de Bloody Mary. Mais à
l'instant T, je pense que l'on
pourrait faire aussi une histoire
terrifiante sur le fantôme de Rachel,
même si je suis à moitié morte à
moitié vivante.

Il n'est que 20h, mais je décide tout de même d'aller me coucher, une journée terrifiante m'attend demain, des journées terrifiantes même

Chapitre V
Finalement un pancake raté
ce n'était pas si mal

Je retrouve mes amis, je devrais être heureuse, mais je suis toujours tout le contraire. J'avais décidé le matin sur le chemin du lycée d'acheter des cigarettes. Très mauvaise idée en soi. Je pense que j'espérais qu'en fumant je retourne le temps de quelques minutes sur mon île paradisiaque, là fut mon erreur, ce fut le déclencheur. Au muret du lycée avec mes amis, une cigarette à la main j'observais le bâtiment. Il ne m'avait pas manqué. Les élèves non plus. Surtout un, qui allait provoquer ma chute.

En me dirigeant vers la salle de grec ancien, une amie me rapporte les propos d'un des élèves de ma classe. « Elle fume maintenant ? Mais qu'est-ce qu'elle va devenir cette fille ? » Ce fut comme un coup de couteau dans le cœur. Ces mots résonnent et résonneront toujours dans ma tête. Je ne savais pas que la goutte de trop venait d'être versée dans mon vase. Elle ne vit pas l'impact que ces phrases eurent sur moi, je l'ai camouflé, comme j'ai toujours fait. « Que va-t-elle devenir ? » cette réflexion montre que je laisse un peu percer mon mal-être au travers de la cigarette, et ce n'était pas du tout mon but, j'avais pourtant arboré mon masque de sourire…je ne comprends pas du tout pourquoi d'un coup des idées noires, des idées meurtrières…envers moi-même, fusent dans ma tête. Mais que cachent ces mots ? Ce ne devrait pas moi qui devrait être jugée comme cela, ce n'est pas moi dont les actions doivent passer au tribunal, c'est elle. Elle et elle seule. Je ne demandais pas une vie facile…mais je n'en demandais pas une aussi difficile.

L'après-midi je n'avais pas cours et le lundi je suis chez ma mère. Dans le bus, je papote avec mes amis comme si de rien n'était, comme si à cet instant, je n'avais pas envie de crever. Je rentre à la maison le cœur défaillant, mais le sourire vaillant. Pourtant ma mère décèle chez moi mon envie de pleurer, je lui dis que tout va bien et que je vais travailler dans ma chambre. Elle a rendez-vous dans une heure chez l'ophtalmologue.

Je sors mes affaires de sciences physiques et reste bien deux minutes à les regarder, l'âme dans le vide. Je ne peux plus…non je ne peux plus vivre…j'ai trop essayé…trop donné…cette fois c'est terminé. Je prends mon journal intime et c'est ce lundi que j'écris ces mots : « J'ai tant de choses à dire et pourtant si peu de temps, j'ai tant de choses à vivre et pourtant si peu de volonté…

J'ai mal, je suis ravagée jusqu'au plus profond de mon être, brisée, éclatée, ratatinée…

Une tornade de sentiments me ravage le cœur constamment, quoique non, elle ne fait que souffler dans le vide, un ouragan a fait la place juste avant.

Je n'ai plus ma place, non, je ne l'ai jamais eue.

Pourquoi se sont-ils attachés à moi ? Je ne suis qu'une bombe à retardement et dans mon explosion je vais les blesser, peut-être juste les érafler, mais je les toucherais.

Je vais partir, il le faudrait, ils ne comprendront pas, mais ils finiront par se rendre compte que je ne suis qu'un poids pour eux.

« Je n'aurais jamais dû naître. »

Une phrase qui me hante à chaque seconde, chaque minute, chaque heure de ma journée, l'univers doit se dire « il n'y a que la vérité qui blesse » et il a bien raison, je suis une erreur de la nature, une humaine qui n'aurait jamais dû avoir le droit à la vie pour ce qu'elle en a fait.

Ce n'est qu'une question de temps.

Je n'ai jamais été aussi proche de mon suicide.

Je suis une malade mentale, me direz-vous, oui vous avez la preuve que je ne suis qu'un déchet même pas capable de profiter de la chance qu'on lui a donnée.

Ils ne trouveront pas mon corps, ou je le ferais découvrir par quelqu'un qui m'est inconnu.

Après tout, pourquoi je fais autant d'effort, quelqu'un s'est inquiété pour moi ? Est-ce que quelqu'un a soupçonné que j'en arriverai bientôt là ? Non. Je suis tellement détestable, instable, qu'ils me prennent pour une fille angoissée, mais qui continue à avancer. Mon monde n'a plus de couleur, c'est un film en noir et blanc, le seul sentiment que je ressens est cette douleur permanente dans ma poitrine.

Petit à petit, je suis oubliée, remplacée. Je ne leur suis plus utile, je ne suis plus utile à personne maintenant alors pourquoi je resterais ?

Étape 1 : leur écrire une lettre

Étape 2 : mourir »

C'est en écrivant ces pages que je vois que ces mots-là, je les ai écrits un à deux mois avant ma tentative de suicide, je hurlais déjà à la mort sur ce cahier le 13 février 2015.

Ma mère vient me voir dans ma chambre, assez inquiète de mon état, en même temps je mets toute mon énergie à cacher ma détresse, forcément que quelques bribes d'elle s'échappent un peu. Je la rassure et lui dis que je suis un peu en train d'écrire. Elle repart.

Comme prévu, je commence à écrire mes lettres. J'en dédie une à mon père, une à ma mère, et si je me souviens bien à quelques-unes de mes amies.

Ma mère m'annonce qu'elle part pour son rendez-vous. Cela va être le moment. Je regarde la voiture traverser l'allée et j'attends environ deux minutes pour être sûre qu'elle ne revienne pas car elle a oublié quelque chose ou je ne sais pour quelles raisons. Les deux minutes sont passées. Je ne pleure pas, je sais que je vais faire la bonne chose.

Or, il me faut tout de même un peu de motivation, après tout ce n'est pas tous les jours qu'on décide de se suicider. Je mets la playlist « chanson triste » de Spotify, je m'assois dans la salle de bains, la tête entre les mains, en fait si, je me mets à pleurer, à trembler, vais-je être capable de le faire ? Il ne faut surtout pas que je réfléchisse sinon tout tombe à l'eau. Si je réfléchis, mon cerveau va me sauver la peau. Alors je fouille dans la corbeille à médicaments, sors tous les médicaments que je trouve et commence à les enlever de leur emballage. Wahou cela en fait beaucoup tout de même…non Rachel ne réfléchit pas…alors je pense à tout ce que je traverse et tout ce que je vais devoir traverser…à tout ce qui me brise, à tous ceux qui me font voler en éclat…et je prends le plus de médicaments possibles à chaque gorgée d'eau, jusqu'à avoir pris une dose létale, enfin je pensais…

Je m'extirpe de ces souvenirs qui sont trop douloureux. Je prends appui sur le rebord du meuble de la cuisine et regarde en bas. J'ai la tête qui tourne. Normalement dans ces cas-là je panse ces plaies à l'aide d'alcool. Malheureusement il est trop tôt. Habituellement ces cicatrices s'ouvrent le soir, comme quoi ce cauchemar m'a vraiment chamboulée.
Je finis mes pancakes encore la tête dans le passé. Quand vais-je m'en débarrasser ?

Il était des mots,
Des méli-mélo,
D'émotions enchevêtrées,
De sentiments saccagés,
Il était des mots,
Qui n'ont pas de fin.

Je regarde mon poignet où l'on peut clairement voir mes cicatrices. Trace encore une fois de ce passé sordide. Finalement, moi aussi j'avais essayé.
Je replonge alors dans mes souvenirs…

Chapitre V
Bars-toi

« Bars-toi, casses-toi, on veut plus de toi ici.

C'est pas comme si j'avais passé 10 ans a essayé de te le faire comprendre, t'es vraiment idiote pauvre fille pour t'accrocher à des gens qui ne veulent pas de toi dans leur vie.

Oh non tu ne vas pas te mettre à pleurer, ok je te vire de la maison, mais tu sais que tu le mérites. Oublie ton père, oublie tes souvenirs avec lui, c'est fini tout ça, tu ne vas plus vivre avec lui maintenant.

T'es vraiment égoïste petite salope pour faire autant souffrir ton père, tu comprends pas que tu es en train de lui imposer un choix, t'as intérêt à vite prendre une décision, parce que ce n'est pas moi qui vais le faire à ta place, soit je me barre et il sera triste, soit c'est toi qui te barre et je serais là pour le consoler.

Articule j'entends pas ce que tu dis, tu pleures comme une sale mioche. Tu pars, tu dis ? Ha beh tu vois que finalement tu peux être intelligente, allez casse-toi, je ne veux plus jamais voir ta face de déterré, notre famille elle ne marche que sans toi, donc bon débarras.

Et puis tu ne vas pas me dire que tu ne l'avais pas compris quand j'ai enlevé toutes les photos de toi, tu vas pas me dire que tu avais pas percuté le message quand même ? Tu n'as été qu'un simple fantôme ici, une petite fille aux idées étranges venue nous déranger, tu n'aurais jamais dû te louper, t'es aussi utile morte que vivante. »

Voilà les propos qu'elle me tenait après ma tentative de suicide. Elle avait raison je n'aurais jamais dû me louper...ce cauchemar était devenu ma réalité. Trop exagéré pour que certains y croient et pourtant je vivais aux enfers. Alors j'ai décidé de partir, non pas parce qu'elle me l'a sommé, mais pour me sauver. J'ai tout de même donné des signes de ce départ imminent à mon père en ayant bien entendu l'espoir qu'il comprendrait, qu'il la quitterait et qu'on pourrait recommencer notre relation sur des bases saines. Un jour je lui ai écrit cette lettre :

« "Papa,
Je n'ai pas l'habitude de te poser des mots sur un papier, de les aligner un par un, de commencer par un début et de finir par une fin. Mais je crois

qu'il faut qu'on arrête de fuir, qu'on mette le doigt là où ça dérape et qu'on discute de toutes ces choses qui durant des années m'ont fait réfléchir.

Pourquoi ça me prend aujourd'hui ? Parce que je crois qu'il est grand temps de commencer.

Moi, je voudrais commencer par m'excuser.

Oui, je te demande pardon pour t'avoir dit l'autre jour que ta séparation avec Tatiana me "soulagerait". Maintenant, j'ai l'impression que cette phrase à elle seule, a bâti un vrai mur entre nous deux. J'ai l'intuition qu'à la place tu as entendu un cri de joie, un " tant mieux !"

Mais la vérité c'est que c'est dur de faire sortir ce qui me pèse en silence depuis des années. Je n'ai pas toujours les bons mots du premier coup, et je crois que peu de gens les ont dans cette situation.

Je te promets c'est dur d'avoir l'impression que j'ai déclenché ton malheur et pire, que tu t'éloignes, que tu m'en veux même si tu ne le dis pas.

Mais je te mentirais si je prétendais le contraire : oui, j'ai souffert de beaucoup des paroles de Tatiana Ton choix de partager sa vie à elle n'a pas été tous les jours faciles pour moi, mais tu le sais, à quoi bon prétendre le contraire ? Mais ce n'est pas parce que je ne voulais pas d'une autre femme que maman dans ta vie, par jalousie, non, mais parce que j'ai eu l'impression ensuite de n'a pas avoir de place dans cette famille. Papa, j'avais le sentiment qu'elle ne me la faisait pas cette place. Et toi, ce qui est en soit normal, tu ne parvenais pas à nous défendre toutes les deux à la fois. Alors, j'ai grandi avec ce sentiment pesant : être celle de trop dans la famille, celle un peu détraquée qu'on laisse de côté.

Il y a ces phrases qui tournent dans ma tête parfois, même très souvent. Ces phrases qu'elle m'a dites. Pourquoi ? Pour me faire mal, me faire réagir ? Toutes ces phrases que toi tu n'entendais pas, car j'étais seule face à ses mots.

Je suis jalouse ? Non.

Après le divorce de maman et toi, la seule chose que je vous ai souhaitée, c'était de vite retrouver le bonheur qui semblait s'être échappé de vos quatre mains. Quand tu m'as dit que tu avais retrouvé quelqu'un, je n'ai pu ressentir qu'une bouffée d'espoir. Moi, je voulais des parents heureux. Et je croyais que je pouvais avoir les deux à la fois : vous voir heureux et vous avoir comme parents.

Mais j'ai eu l'impression que le bonheur que tu partageais avec Tatiana, était incompatible avec moi.

Je ne réécris pas tout en noir. Ce n'est pas pour autant que je n'ai pas passé de merveilleux moments avec toi ces dernières années papa, surtout à Babylone, évidemment. Pas uniquement là-bas.

Puis s'est enchaîné tout ce que tu sais.

C'est vrai que je ne t'ai pas dit tout de suite les critiques que j'entendais. J'ai voulu te protéger.

J'avais peur que justement ça passe pour de la jalousie, alors j'ai courbé l'échine et j'ai encaissé.

Je me suis convaincue que c'est moi qui exagérais les choses, que j'étais juste faible et incapable de faire le bien. Que ceux qui me suggéraient que j'étais déglinguée avaient vu juste.

Et malgré ces efforts-là pour se taire, pour continuer à avancer, j'ai vu notre relation se dégrader petit à petit. Je n'arrivais pas à retrouver notre complicité. Rien n'y faisait : je te perdais, toi.

Non, je n'étais pas jalouse, papa, juste désespéré qu'elle réussisse à te convaincre qu'il n'y avait pas dans ton cœur la place pour nous deux. Je crois au fond que Tatiana, elle, avait peur de notre complicité. Elle te voulait tout entier parce qu'elle croyait que ne pas t'avoir complètement, rien qu'à elle, c'était ne pas t'avoir du tout.

Alors oui, sûrement qu'elle a contribué à mon mal-être, car chaque mot brisait un peu plus la moindre petite parcelle de confiance en moi. Elle n'est pas la seule coupable. Je suis ma pire ennemie. Je ne supporte pas de ne pas être à la hauteur, un peu comme toi d'ailleurs. Tu sais, papa, je m'en suis détestée et je me déteste encore. On ne se sent pas fort d'être ça : votre principale source de conflits. Elle reste " la fille que tu as le plus aimée". Alors, je pleure, papa, souvent du mal que j'ai l'impression de causer. Comment puis-je me pardonner quand dans mes yeux, ce que tu vois désormais c'est ton mariage envolé ?

Moi, je ne t'en ai jamais voulu, ni du divorce, ni de tes histoires de cœur, ni de tes secrets. Ça ne me regarde pas. Mais je ne vais pas te dire que ça ne m'atteint pas. C'est pour ça que je te dois mille excuses : je n'aurais jamais dû te dire que ça me "soulagerait". Et tu vois, ça ne me soulage pas : je pleure encore.

J'ai besoin que tu sois heureux pour être bien, j'ai besoin que tu sois là pour me sentir exister.

Je vous ai empêché d'être heureux ensemble ? Peut-être parce que, papa, tu ne peux pas être un mari heureux si tu dois pour ça cesser d'être un père heureux. Et je ne suis pas un bébé, je sais aussi que je n'aurais un père heureux que s'il trouve une femme qui l'accepte pour tout ce qu'il est, lui en entier. Et je suis un bout de toi, non ?

Papa, entends-moi : je t'aime plus que tout et je respecterai toutes tes décisions, juste défends-nous.

Comment finir cette lettre ? Il n'y a pas de mots assez forts pour te dire combien je suis désolée de tout ce gâchis et à quel point je t'aime.

J'espère que cette lettre ne creusera pas un écart de plus entre nous, ça ne serait pas supportable. »

Après cela, Tatiana et mon père ont enchaîné ruptures et retrouvailles, me brisant un peu plus à chaque fois. Alors j'ai décidé de ne plus aller chez lui, non pas pour elle, mais pour me sauver moi. Malgré ses demandes, celle de la famille, je n'ai pas cédé, je ne voulais plus, je ne pouvais plus. Je me suis même dit que je devais faire le deuil de mon père.

LE jour, l'après-midi où j'étais en train de lui écrire une lettre d'adieu cette fois-ci, il m'appelle. Je le savais en Angleterre avec elle alors étonné : qu'un il m'appelle et de deux alors qu'il est en voyage, je réponds. C'est un homme brisé qui est de l'autre côté du téléphone, un homme qui demande pardon, un vrai pardon, cet homme que je cherchais en lui depuis tant d'années. Il me dit qu'il prend le premier vol dans la journée ou soirée et que demain il aimerait qu'on discute. J'étais vraiment abasourdi, je ne comprenais plus rien à rien, mais ce « Rien à rien » je l'attendais depuis si longtemps. Alors on se donne un point de rendez-vous.

Le lendemain matin, il est bien là. Alors notre discussion, entrecoupée de pleurs, tourne entre lui et moi vers un avenir certain. Jamais je n'ai pu lui parler aussi librement et jamais je n'ai pu autant lui confier mon passé entre Tatiana et moi. Cette fois je le sais, j'ai retrouvé mon papa.

Bien sûr il fallut du temps pour que notre relation se reconstruise, normale lorsqu'elle a été brisée bien des années auparavant, mais aujourd'hui je peux lui dire sincèrement : « Je t'aime plus loin que l'infini et plus fort que la mort. »

Cette fois c'est avec un sourire aux
lèvres que je reviens à la réalité.

Pour me suivre et me contacter :

- Instagram : @coraliehalle ou @le.cri.du.silence

- Threads : @le.cri.du.silence